詩集

マリアマリン

瑶いろは

目次

マリアマリン

五十音

あいうえおげんき？
かきくけこんどやまにのぼるよ。
さしすせそらみてる？　いま。
たちつてとってもおおきなにじをそうぞうしてみた。
なにぬねのーとにえがいておいてね。こんどみにいくから。
はひふへほんとう？　やくそくだよ。
まみむめもういちどぎゅってして。
やいゆえようちえんのまえでまちあわせよう。きねんびに。
らりるれろんどんがごぜん3じのときで。
わゐうゑをーいいねー。
んじゃ、またね。

In the world

とてつもなく愛し合うと
たとえば生まれてくる前にすでにもう
どうしようもないものを作って
ここにやって来るのだろう

さらに進化するために

どこかの花園で
押印した記憶はぼやけたまま

かなしみを知ってもなお
幸せへ向かって行く人びとで
あふれてほしい

この世界の本質はきっとそういうものだから

ここだよ

この灯りにのせて
とんでゆけ
放射状にゆだねられたなら
いつのまにか絵画を飲みこみ
額縁のない世界
どこまでもつづく美術館に
雨が降る

この砂にのせて
とんでゆけ
真っすぐにみちびかれたなら
できあがる光の山に太古を見て
透明なフィルムに色がつく
もいちど逆さまにしたってまた
きみがいる

ここだよ
ほんとはすぐにみつけてほしいのに
呼吸さえとめてみる
だってこの鼓動のままじゃ
うまく隠れられないからね

ワンシーン

すべてせつないバランスでつつまれている
紡いでいるのはほら
感じるでしょうねえ
幾重にもくるりと巻いたあと
ひらりひらりめくっていくなんて
しずかであたたかい
こんな涙するようには
あなたにしかできない

あなたが色をぬっているとちゅう
じっと見つめていてもわからない速度で
さわやかに雨が降る
そこに来るかたつむり
光をつかまえたクモの巣のしずくたち
完成されていく作品を眺めながら
今ここに居るわたしだって
そのすべてが
あなたの指先から
こぼれおちているワンシーン

風

風にゆれる草の先の先を見つめていた
そこはいったいどこなんだろう
一瞬に全てが消えて
何も思い出せなくなる

触れてみた
自分の骨に
引き戻される
今へ

ああそうなんだ
まだだめなんだ
気づいてしまった信号待ち

滑っていく風は
どこで生まれてここへ来て
何へ向かって吹いているのか

ゆがんだ唇を誰も知らない
隠しもしなかったのだけど
だってあまりに残酷だったから

一滴の朝露が
七色になったころ
走り出そう

向こうから
同じ風が吹いている

そこが愛だ

氷柱

どうしてだろう
初めて会ったときから
わたしを見抜いていたあなた
あなたの氷にこのまま舞い降りていく

ときめき

何かを思い出させようと
吹いて来た風は冷たくて
でもやわらかい

こんなにあふれてきたのは
ちゃんとつかまえたからかしら

誰にも気づかれないように来たから
とても満足気に思い描く

あんまり素直な指になったので
あの人にあげたくなったけれど
朝を待っていたら
もどかしくてたまらない

小さく聴こえる音楽のように
そっと甘く近づこう

どこまで

この肉体を
わたしはどこまで連れて行けるのだろう

あの人の魂をかじっても
満足できないでいるこの魂は
わたしをどこまで連れて行くのだろう

あの日の海でふたり

手にした貝殻の白さが
次第に薄れる家路
ほんのすこし歩幅を小さくしてみる
気づかれないように

このままここで足踏みしていたい
いつまでもこの時が終わらないで

突然の電話にひそむ
足音が聞こえないよう立ち止まる
秘密の時間にただ膝を抱え砂をかき分けた
それでいいとつぶやいた肩に触れてきた手
ほらあそこ
あなたが指さした先をともに笑う

手のひらふたつ
この顔を覆ってみても
隠せない涙

あの日の海でふたり
なにを確かめたのだろう

闇

言えるだろうか
こんな日さえ美しかったと
この恐怖をも忘れたくないと

まっさらな手で脳を触ろう
消すべきでない記憶を舐めよう
誰一人壊せない暗黒スイッチを撫でよう

自己中心的な意味を持つけれど
救いを求めている行為に
甘え続けて腐っていくのを
飛ぶような呼吸で思うけれど
凍った血を頬張っても
味はわからないから

空虚な響きに騙され続けて
潰れてしまわぬように

それをするなら
幸せをいっぱいに感じる瞬間を見つけた時に
例えば今みたいな

本当は恐ろしくて見開いたくせに
安堵の後の偽りを美学にしようだなんて

無力感がこんなにも綺麗なものを見せてくれる

あなただけには知っていてほしい
苦しいことよりも美しいものを
飲み込んだ結果だということを

本当に強い人は何を選ぶのだろう
もう水滴の音しかきこえない所で

此処

いろいろと望んでしまうから
どうか触れて
その指で優しくなでてほしい
そして満たして
これで終わりでいいと思えるくらい

たった一度
本物の思いで
殺してくれたらいいのに

これ以上続けられなくなるまで
ずっとあふれたままで
それで終わりにしたい

窓

ひざまずく心が
差し込む光を痛くする
あまりに高く遠いその光に
向き合えないでいた

もうやめよう
これきりにして
何度力を込めようとしても
体は動かなかった

こんな私は溶かしてしまえ
全ての感覚が消えそうになる
あの光に触りたいのに

私よ　届け届け向こう側へ
起き上がって光を食べるんだ
私よ　届け届けそれはすぐそこだよ
美しい色にあふれた世界を食べるんだ

ひだまりハグ

あの雲よりもこの雲のほうが好き
どの雲も一生懸命だったのに
比べてしまった自分を責める夜
あまりにも敏感すぎる日々

たくさんのことに気持ちを込めすぎて
消えてしまいそうだった
頬にはぬくもりがあり
ほんのりと桜色
こんなわたしにもまだ色があることを
つたう涙が教えてくれる

あきらめてしまいそうな胸のなかに
脈々と流れる命のリズム
たったそれだけを抱きしめる

まるで
大地の奥深くを
深海の底を
自分の原点を
触れている

還って来たわたしは色とりどりで
まるでこの
ひだまりのよう

いつでもひだまりのようにいよう
いつでもひだまりにもどればいい

空

全てをわかってもらおうと急いでいた
どうして泣いたのか
どうして笑ったのか
説明したがった
もっと急いでいた時には
その途中で理由をつけたがった
ついに急ぎすぎた思考は凍ってしまった

雲の下の空
行き場を見失い
目を閉じた

血が繋がっていても
全ては求められない
わたしが全てに応えられないのと同じこと
三日月はこんなにも美しい
不完全さに寂しくなるのはもうやめにして
愛されていないわけがない
愛していないわけがない

雲の上の空
どこまでもゆっくり流れる光を見て
目を閉じた

生きる全てのものを照らし
待つこころ

わたしが急いでいた過去も
この空は
いつか気づくのを
ずっと待っていてくれた

made in Universe

いにしえから続く振動がこの中に在る
この身をカタチドル微粒子たちよ
どうか目覚めて
流れあふれだすように
We are made in Universe.

声

たいせつなあなたといつか
これをこえられたなら
こころじゅうから
こえにできるかもしれない
まだだれもしらないことばで
あなたにおもいをつたえたい

電線

この思いを乗せてって
どこへ行けば会えるかな
あの子が座った場所
歩いた道
触れたところすべて
わたしはひとりで探している
今日もあの子思いつけた香りは
わたしだけが吸い込んで
むなしくむせてしまう

この香りを乗せてって
どこへ行けば会えるかな
どこでもいいよ会えるなら
どこでもいくよ会えるなら
せつなすぎて消え入りそうな思い
今にも空に溶けそうな
白い月が電線にかかっている
最後にふりしぼって願う
せめてあの子の声が聞きたい

あなた

階段が
木々が
ぼくらの会話を聞いている

きれいなものを見つけたら教えてと
元気のない声で言う
今日ぼくが見つけたいちばんきれいなものは
痛みを感じることができる
今のあなた

プラネット

確かめないと転んでしまいそうな足もと
まぶしすぎてぜんぜん向こうが見えない時間
胃が痛む体
風に負けないカーステレオの音
涙でもっとオレンジ色になった空
夜ちゃんと振り返るために閉じたまなこ

どんなに箇条書きにしても
まだまだ足りないくらいに
ほんの一瞬に詰まったものたち

この星に
いったいどれだけのものが
散りばめられているのだろう

わたしひとりに起きた事だけでも
きっと満員電車のようになっていると思うのに
今日もちゃんと
浮かんでは周っている

てんしのなみだはここにもある

るんるんとのぞいているかわいいこっぷ
あのこといっしょにならしてよ
もうここにいるんだからね
にんまりとわらうてんしのめにはなみだがひかっている
こころじゅうねがっている
こころじゅうさけんでいる
はながかれるのはみんなのみがわり
だいじにだきしめるそのいのち
みみをすましてきいてみて
なみだのねいろがきらきらこだましている
のりづけされたからだをつきやぶって
しんじられないくらいのあたたかさで
んんとみたされていく
てんごくでもきっとおなじ

傘

傘、持ってこればよかった
そうつぶやいたのは
きみのとなりにこのままずっと
立っていられたらいいのに
そう思っているのを
気づかれないようにするため
ほんとは
この降り続く雨に
こころでありがとうと微笑んでいる
でもわざと不機嫌な声で隠す
素直になれないのは
好きすぎるから
どうしてもうまく動き出せない
あと数センチのきみの手さえ
震える胸には遠いんだ
強くなる雨の音で
このままふたり
消えてしまえたら
優しい沈黙は
まるでハグみたい
恥ずかしくなってまたそれを壊す

ね、そういえばさ
どうでもいい話を切り出しながら後悔している
どこまで空回るんだろうぼくは
もう帰る時間だ
雨はすっかりあがってしまった
つぎ会う約束なんていつもできないまま
最大限の強がりな笑顔で
バイバイする

このなかに

ごらん
こうやって舞うには
まず泣くことが大切さ
きみみたいな泣き虫は
とびきり輝いているよここで
そうやってうつむいてばかりいないで
ちいさなほそい糸を感じてよ
かすかな音だけど
一度気がつくとまぶしすぎて
もうぜったいに見落とすことはないんだからね

ごらん
こうやって響かせるには
まず笑うことが大切さ
きみみたいな道化師は
とびきり輝いているよここで
仮面をかぶっていると思わないで
きみの笑い声は確かなんだから
どこまで届いていると思う？
どんどんまわりを包み込んで
びっくりするよこんな遠くの世界まで来ているなんて

ねえおねがい
ひとりにしないで
森の奥みたいな匂いがする
迷わず帰れるならいいけれど

だいじょうぶさ
聖書にもあるでしょ
ぼくの影が映らないのは
きみのなかにぼくがいるからだってこと
いつも歌いながらささやくよ

弱さ

どれほどこの身を満たしてくれるのか
何も食べないで迎えにいく
あなたの思いでわたしを肥えさせて

できればあなたが
わたしを好きと言って
ここからひっぱりだしてくれたなら

病床

なんて瞬間

今どんな後ろ姿でここにいるのだろう

もっと深く
深く深く軽くなるまで落ちたところに
本当の私がいる

一見して私とわかる一貫性なんていらない

しじま

いったいどこにこぼしたら
なぐさめられるだろう

ななめにしてすべてをみてみる
なにかをみつけられそうで

きせつのかわりめでもないのに
とまどっている

くびにふしぎなあとがあらわれた

もうじゅうぶんだ
いいのよこれいじょう

わたしがいっているのか
めがみがいっているのか

さいきんはまいばんおもっている
あのころみたいになりそうだ
つよくなったはずのじぶんを
しんじられなくなる

だれもわたしをはげましはしない
わたしがだれにもうちあけないから

このまましんでいくようなきがする

どこにもなにもねがわなくなって

和

紫の雲が
自分勝手にいた

揺れる貝は微笑んで
弾く光は寛大で
まるであたりまえのように
眠りにつく

ある家族みたいな欠片たちを
じっくり見ていたい

自分がしてきたこと
どれだけ支えられてきたかを
どこまでも時をかけて
想いたい

eat color

みんな色を食べて生きている
苺の色にゴーヤーの色
みんな色なしじゃ生きられない
お日さまの色に雨の色

今日もたくさんの色を食べている

あの子はいま何色だろう
ぼくはこの色であふれている
あの子とぼくが仲良くなると
まざりあってできる新しい色
ふたりで食べるふたりの色
ふたりで作るたくさんの色

だから今日も色を食べてたくわえる

いろんな色をいろんな子と作るんだ

そしてみんな虹になる

かみさま

あふれましょう　来て
両手をとっているよ　もう
胸に手をそえたよ　いま
羽根に触れたいから抱きしめたの　そう
あのときの光はぼくだよ

ハッとするくらいの勢いで
今すぐにきみの胸をいっぱいにしたい

一緒につくりつづけるために
仲間はもっとたくさんいてほしい

どれくらい天国になるのか見てみたい

ねえ　あふれるきもち
きみにもあげていいかな

いろんな方法でおくるから
かくれんぼしているみたいなぼくを
ちゃんと見つけてね

この愛のもっと先まで

ここはとてもまぶしいよ

反対側まで
いつも見つけてしまうけれど
もう甘えるだけじゃない

愛がこんなところまで来るなんて知らなかった

この手からのばしていく
今度はわたしからあなたへ
つつまれるよりもつつむほうに

わがままなこころがこんなに愛を知るなんて

愛をひきだされる
愛をつみかさねる
どちらもおなじくらいたいせつ

今日この愛のもっと先まで行ってみる

人魚

たとえばこんなふうに
水の中で踊りながら
溶けてなくなっていく
なにかを終わらせるとき
涙はぜんぶこの海に隠して

さわれそうでさわれないよ
ずっと上から差す光が
もっとこの身を溶かしていく
最後とびきりのしぶきをあなたにあげる

いったい何枚のサンセットを並べたら
この愛しさは安らぐのだろう
まるで声を失ったのはあなたのほう
汲み取れずに幼すぎたわたしを赦してほしい

たとえばこんなふうに
水の中で踊りながら
溶けてなくなっていく
なにかを終わらせるとき
涙はぜんぶこの海に隠して

ふたり出逢った日はここへ来て
美しい月で待っている
真っ白な泡を見たら思い出して
あなたへの愛でわたしビーナスになった

花

戸惑うのは
うまく呼吸できないから

夢見心地
君が教えてくれたものを握りしめて
時間はどこまでも広がった
でもほんとは
あの瞬間から強烈に止まっている
ありえないくらいの光の束を
はじめからもらっていたんだ

このすべてを忘れたくないから
急ぎながら吸い込んだ
君は1ミリも僕から離れたりしないのに
泣き出すのはいつもひとりになってから

時空を超えて
今夜届けられたものを握りしめて
ふたりはひとつになった

でもそのことを
声にして確かめはしない
互いの本心を笑顔で隠して
その姿にいつもぜんぶ見る

知っているから沈黙になる
それを感じて息をとめる
君と僕の距離はもうないよね
何も言わなくてもいいよとはじめて思えたから

雨となって飛んでゆく

何度も何度も
君のもとへ

このまぶしい星で
僕はいちばんの
しあわせもの

どうすればいいのか
わからなくなったら
すぐにでも飛んでゆく
君だけの雨となって

いついつまでも
愛を込めて

君ならできる
きっと
もっと

たくさんの美しいもの

こうやってみて
冷たい砂があるよ

遠くまでつづく浅瀬で裸足になって
揺れる光をもっと揺らした

たくさんの美しいものを知った
あなたと手を繋いでいるここで

偶然見つけた緑のアーチ
木洩れ日が頬を触れたから

駆け出すことを忘れて見つめ合って
ずっと先のことまでふたりわかったね

たくさんの美しいものを見つけた
あなたと誓ったあの日からここで

湖面

飛んでみた
あれがなんなのかもっと知りたくて
ほんの一瞬だけ見えたけれど
すぐにここに落ちてきたからよく覚えていない
ちゃんと見たくてまた飛んでみた
でもやっぱりまだ足りなくて

とうとう疲れてしまったぼくは泣いていた
それを見つめていた空も泣いてくれた

どれだけ泣き続けただろう
辺りは大きな湖になった

ひとつ風が吹く
あきらめないぼくを呼び戻そうと

ふと見れば
ずっと知りたかったものがそこに映っている

今にも誓おうとするぼくの姿も
それと一緒にかさなっていた湖面

ドレミ

ドレミファソラシド
ドシラソファミレド

約束はしないでおこう
目の前のそれに真っすぐでいよう
いつだって最善の場所へ導かれる
何もかもを越えて抱き合える
ただこのため息のように

ドレミファソラシド

ぼくはいまひかりのまんなかにいるんだ

この愛を忘れない

ひろう楓　このまま届きますように
そっと便箋に挟んだ　桜が少し過ぎた頃
始まった夢はいつの日か
ふと見上げることさえやめてしまって
毎晩凍えていたのを知っている
指先はいつも探していた
あの頃と同じ気持ちで見えるものが
このままなくなってしまいそうで

どこからだろう　この涙がやって来たのは
いつからだろう　この雨が降っていたのは
しゃがみこんだら全てが崩れて気がついた
ああ　全力だったんだ

にぎる泡　いっそのこと一緒に消えますように
ぎゅっと願った　嵐が少し過ぎた頃
波にさらってほしいのは
立ち上がることから逃げてしまっているこの心
本当はあきらめきれないのを知っている
指先はいつも目指していた

もう一度あの光のほうへ飛び出すのを
一番強く求めているのは私自身

どこからだろう　この涙がやって来たのは
いつからだろう　この雨が降っていたのは
空をつかもうと手をのばしたら込み上げた
ああ　まだ還れない

であう命　輝いて輝いて輝いて

どこからだろう　このまぶしい涙
いつからだろう　このまぶしい雨
真新しく芽吹いたら私いっぱいにあふれていた
ああ　この愛を忘れない

ひとつ

ふれたとたん
みるみるとける
どんどんかんじる
もはやわたしがなくなって
いきてはいないのかもしれない
あたりはひかりばかり
とけたものどうしがかさなりあい
またとけて
なにがなんだかわからなくなるまで
とけあったから
ここにうまれてきた
もういちどわたしをもらって
たちすくむ
とけかたをおもいだそうと
ふれてみる
すてきだなとかんじるものが
いりぐちのようで
みんなひとつへとむかう
うなじをなでるなつのかぜ

とわ

どうして遠くのものほど
覚えているのだろう
この道でまじわるのは
歓びかな哀しみかな
せつなくこだますのは
いつか聴いた愛だから
手にした一瞬を永遠にする日々

あと何万回の朝で
そこに戻れるのだろう
はじめて触れた海で思い出したのは
歓びかな哀しみかな
とめどなくあふれるのは
ずっと知っている愛だから
手にした一瞬を永遠にする今日も

きみを渡る

どこまでもどこまでも舞い上がれ

揺れながら迷いながら
この曲がり角でうつむいて
あの坂道でうずくまった

遠い夏の日に
選んだ色を覚えている
燃える秋の日に
拾った色を覚えている
深い冬の日に
溶かした色を覚えている
ある春の日に
そうやって食べた全ての色で
描いたのを覚えている

今すぐにでも
わかり合えたなら
まばゆいパレットからキスをあげる
ごめんねもありがとうもひとつにして

どこまでもどこまでも舞い上がれ

見えていますように
聞こえていますように

光る花びらとなって
きみを渡る

らららビューティフル

輪廻の全部が流れるみたいに
涙はいつもやって来る

孤独と幸福がひとつのまるになって
どこまでも帰るから
コタエはまだ見つからない

手渡されたブーゲンビリア
海のようなガラス瓶に挿して
現実が弾けた

どこを見ても愛ばかり
ほんとはここは愛だけなんだ

どんな壊れそうな心も
時が経てば
そこに感謝だけが残る
泣きながら消そうとした箇所に
陽が差し込んで気がついた

許しを請う
ひざまずく
大地に預け
遥かを見る

冠みたいに立ち上がる時
きっと宇宙も勇気づける
握りしめたその色で蘇る

戸惑ったひとコマは
今こそ限界を超えて
まぶしく放射した

あなたを想うのと同じくらい
この地球《ほし》を抱きしめている

またここでめぐり会えた
らららビューティフル
笑ってくれているだけで
らららビューティフル
どこまでもつづく物語
らららビューティフル
ららららららビューティフル

あなたひなた

こぼれおちてきた
昼下がりの口づけで
目が覚めた

くすぐるようにして
もいちど来たから
わざと逃げた

笑いながら
なでてくれる
あなたひなた

吸い込まれるように
抱き寄せてみせて
胸にうずくまるとき
背中にはいつも
両の手ちょうだい

そっと近づきながら
ほんの少しだけ
触れてみせて

触れられたまま
動けないでいる
わたしうつむく

あなたひなた
こんなにも
まぶしいわ

マリアマリン

またこの夜風が吹いている
そうやって幾度とくりかえし
未来へ

何が始まったのか
理解できぬまま
瞳を潤ませている

魔法みたいに見せ合って
すべてが止まったまま生きていた

同化した時は
どれくらい流れていたのだろう

澄んだ泉を
行ったり来たりした

そこでの言い訳は
いつかと同じ朝雲になる
そのひとつぶもまた泉に溶けていく

次なる使者を待っている

愛を知りながら
愛を失っているような気がして
どうしようもなくすがってみた
このいのちに

そんな不器用さが世界を美しくする

ささやきを聞いた真昼の肩

愛にもだえたのは
愛を祈るため

そこにいてもいなくても
それがあってもなくても
はじめからなにもはじまっていないように
だからこのさきのどこにもおわりがないような

なにもないこの胸で透明に祈る

夕刻に手にした羅針盤

一度覚えた真実を忘れない
あらゆる奇跡を受け取りながら
この芝生で笑っている
宇宙の隅っこまで届くと信じてみた

まぶしい

なにもかも思い出して
それをすべて忘れたら
ここはあたたかい海だった

瑶 いろは（よう・いろは）
1978年1月31日沖縄県生まれ。
同志社大学卒業後、教員となる。
その後、セラピストとして歩むため東京へ。
現在は沖縄で暮らし、結婚、出産、育児を経て
学生の頃から続けてきた創作活動を本格化させている。

詩　集　　マ リ ア マ リ ン
2009年11月14日　初版第一刷発行
著者　　瑶　いろは
発行者　宮城　正勝
発行所　ボーダーインク
〒902-0076　沖縄県那覇市与儀226-3
TEL098-835-2777　FAX098-835-2840
印刷所　近代美術

ISBN978-4-89982-167-0 C0092 定価1000円（税込）